반공일엔 물질 간다

시와소금 시인선 · 139

반공일엔 물질 간다

조영자 시조집

시와소금

▌조영자

서귀포 강정에서 태어나 중,고등학생 시절 잠시 해녀물질을 했으며, 한국방송통
신대학교 국어국문학과를 졸업했다. 《열린시학》 신인상 공모에 당선되어 등단했
으며, 제6회 시조시학 젊은시인상을 수상했다.
이메일 : nuri6313@hanmail.net

매일 삼양바다를 창유리에 가둬 놓고 살면서도
왜 내 입술엔 숨비소리 우러날까

2022년 늦봄
원당봉 기슭에서
조영자

| 차례 |

| 시인의 말 |

제1부 강정, 집어등이 돌아왔다

미나리 —— 013

강정, 그 이후 —— 014

반공일엔 물질 간다 —— 015

범섬을 따라 가다 —— 016

꿩망골 수국 —— 017

꿩망골 —— 018

학생 바당 —— 020

불침번 찔레꽃 —— 021

바다, 그 지랄 같은 —— 022

숨비소리 —— 023

순비기꽃 —— 024

제2부 화해하는 이 봄날

늦은 화해 —— 027

아버지 등뼈따라 길은 휘다 —— 028

개망초 —— 029

돌가시나무·1 —— 030

돌가시나무·2 —— 032

돌가시나무·3 —— 033

이제는, 꽃 —— 034

몽당연필 —— 035

노을 한 채 —— 036

복사꽃, 지다 —— 037

노을의 시간 —— 038

제3부 등골 빠진 행원바다

행원일기 · 1 —— 041

행원일기 · 2 —— 042

윙이자랑 —— 043

득하다 —— 044

그 남자, 아날로그 —— 045

집어등 —— 046

그대는 —— 047

꽃등 —— 048

어느 날 —— 049

백중날 —— 050

어떤 연緣 —— 051

제4부 후려쳐라, 천둥아

겨울 엽서 ── 055

팽나무 사설 ── 056

소나기 ── 057

클린하우스 풍경 ── 058

2월, 천백고지를 지나며 ── 059

가을장마 ── 060

갱년기의 봄 ── 061

낮달 ── 062

도깨비바늘 ── 063

하도리 철새도래지에서 ── 064

서울행 ── 066

제5부 동백꽃 부케

슬픈 한 끼 —— 069

제비꽃 시인 —— 070

비자나무 —— 071

어느 시인 집의 벽화 —— 072

잔칫날 —— 073

시인 —— 074

겨울안개 —— 075

순비기꽃의 말 —— 076

미나레트*를 꿈꾸다 —— 077

한가위 —— 078

몸살 난 바다 —— 079

고사리 장마 —— 080

▌작품해설 ┃ 한림화

제주해녀의 목숨값으로 아로새긴 생명의 노래 —— 083

미나리

강정마을 돌아드는

논골물 미나리밭

열 살짜리 조막손이

캐어온 이른 봄을

오일장

어느 귀퉁이

쌀 한 되와 맞바꾼다

강정, 그 이후

그래도 고향이다, 강정은 고향이다
고향은 누구에게나 오월동주吳越同舟 같은 건지
범섬도 돌고래 떼도 비켜 가는 강정 바다

나는 단발머리 중학생 해녀였다
외상으로 들고 온 테왁 하나 둘러매면
마을은 바다 한 켠을 나에게 내주었다

야트막한 그 바다 자그마한 숨비소리
서귀포 매일시장 보말 몇 줌 팔고 나면
못 본 척 등을 돌리던 웃드르 출신 어머니

노랑 깃발 태극 깃발 여태껏 펄럭여도
강정천 줄기 따라 은어 떼는 돌아왔다
밤이면 방파제 너머 집어등도 돌아왔다

반공일엔 물질 간다

토요일은 반공일半空日,
안경 대신 수경 쓰는 날
칠·팔순 이미 넘긴 테왁 무리에 나도 섞여
단단한 납덩이 시간 파도에 묶어본다

육지 날씬 상관마라
바당만 맑으면 된다
내 동생 학비마저 내어주는 바다 한켠
점심을 거른 낮달이 숨비소리 토한다

눈 들면 고향 바다
해군기지 깃발들
새별코지 끝자락에 테왁들 어디갔나
일강정 구럼비 바위, 그 바위는 어디갔나

꺄르르르 꺄르르르
봄 바다 저 윤슬아
하얀 교복 하얀 칼라 그리고 하얀 물소중이
중년의 아주망 되어 서성이는 붉은발말똥게

범섬을 따라 가다

한라산 반쯤 넘으면 범섬이 먼저 간다
개날이나 소날에 문득 가는 친정 길
개망초, 실거리낭도 함께 따라 나선다

그래, 저 꽃들은 TV 뉴스 그 깃발 같다
한 집엔 노란 깃발, 또 한 집엔 태극기
푯대 끝 4.3의 하늘이 또 한 번 펄럭인다

해군 기지 건설 바람에 형제간도 등 돌렸다
대문도 초인종도 없는 파란 지붕 우리 집
팔순의 내 어머니는 어떤 깃발 올렸을까

수평선 같은 빨랫줄에 걸려 있는 잠수복
나에겐 저것들도 성스런 신앙이다
그 흔한 숨비소리 조차 까딱하지 않는 오후

꿩망골 수국

왜 하필 장마철이니?
어쩐 일로 고봉밥이니?

4.3에 누굴 보내고
혼자 사는 저 종부宗婦

까마귀
모른 제사상
수북수북 퍼 담았네

꿩망골

오늘은 누구네 집
제사인 지 알 것 같다
꿩망골 논 한가운데
관통하는 샘물 하나
제삿날
이 물 아니면
젯밥 짓지 않는다

고봉밥 같은 봉분 하나
옹이로 박혀 있는
양력 시월 열여드레
내 친정집 추도일
찬송가
한 소절에도
꿩소리 얼비친다

나무 묘종 옮기듯
본적 옮겨 스무 해

외눈박이 아버지
제주시에도 오실까
오늘밤
초인종 하나
내 안에 달아 둔다

학생 바당

삼양까지 밀려와 주황테왁 서넛 떴다
불협화음 장단 같은 숨비소리 그도 떴다
이 섬의 마지막 해녀 학생 바당 떠돈다

해녀들이 내준 바당 아끈내깍 학생바당
기껏 2,3미터 보말 몇 줌 오븐작 몇 개
작살은 있으나 마나 고기만 봐도 움찔했다

바다를 바라보면 이승 너머 일만 같다
내 테왁 어디 갔나 내 사랑은 어디 갔나
삼십 년 물이랑 건너 주황 테왁 서넛 떴다

불침번 찔레꽃

오월 들녘 난바다 배 대신 오름이 떴네
반달이 끄는 데로 끌려가던 LST 함정
강원도 어느 골짜기 찔레꽃을 피웠네

군모에 작대기 하나 갓 스물 내 아버지
첫사랑 숨비소리 테왁에 띄워놓고
한쪽 눈 어디 바쳤나, 불침번을 섰었네

남은 건 참전용사증, 비석에도 못 올린 거
소주병에 피워내신 가시 돋힌 한 세상
그 봉분 산담도 없이 뻐꾹소리 들이네

바다, 그 지랄 같은

강정바다 불빛들은
한눈에 척, 봐도 안다

해군기지 등쌀에
쫓겨날 때 꺼진 불빛

열세 살
애기해녀의
숨비소리도 따라왔다

지랄 같은 삼양바다
여기까지 따라온

환장할 저 불빛들
자맥질로 퍼담아

이 저녁
어느 불턱에
별자리로 걸고 싶다

숨비소리

나는 강정바다
열세 살 해녀였다
더블클릭으로 위내시경
사진 열어 보면
허기진
만성위염이
너덜너덜 붙어산다

그렇지, 숨비소리
그것이 숨어 있었지
꿩망골 장끼소리
바다엔 숨비소리
그 바다
매립된다는
소식이나 전해준다

순비기꽃

내가 물질할 때
말갛게 수경을 닦던
온기 끊긴 불턱 근처
넌출넌출 그 꽃들이
보랏빛
뼈마디 마디
골다공증 앓고 있다

내 고향 강정마을에
해군기지 들어선다는
신문에 난 그 소식이
설마, 정말일까
한여름
꼿꼿한 대궁
삼삼오오 불 밝힌다

제 2 부

화해하는
이 봄날

늦은 화해

강정바다 갈매기 떼로 와서 부서진다
범섬과 고근산 그 중간쯤 어느 점방
주인은 있으나마나 혼술하는 사내가 있다

4.3일까 6.25일까 강원도 어느 산골짝
기어코 내 아버지 한쪽 눈 앗아갔다
그때 그 항거만 같은 어머니 자맥질 소리

반세기 만에 올리는 제 잔 한번 받으세요
불턱의 소라 몇 점 안주 이미 드셨으니
오름도 봉분도 하나 따라오는 이 봄날

아버지 등뼈따라 길은 휘다

묵은 호미 날 세우듯
내 생각에 날을 세운다
기러기 서너 마리
티눈으로 박혀오고
십일월
강정천 자락
등뼈 돌아 흐른다

이 세상 징역 끝내고
산으로 쫓기셨다
막바지까지 이끌려온
한 평 반 아버지 집
봉분도
유죄이던가
섬처럼 떠 흐르는

개망초

차마, 세상 인연 내려놓지 못함일까

아버지 무덤가에 무더기로 피어났다

괜찮다, 손사래 치며 서둘러 가신 그 곳

탯줄 끊고 여덟 달 만에 생어미 잃으셨다며

삭이지 못한 그리움을 소주병에 담아냈다

그 무슨 원죄였을까, 출처도 알 수 없는

외눈박이로 사셨던 예순 해 남짓 한 생애

단 한 번도 떼어본 적 없는 등기부등본

모반을 꿈꾸셨던 날들, 흉터처럼 선명하다

돌가시나무 · 1

친정집 저 여우볕
누가 신고 왔을까
아버지 반쪽 세상
복자福字 사발 귀퉁이에
이끼 낀
시간의 밭을
경운기로 갈고 간다

목차에는 들지 못해
부록으로 나앉았다
기둥 하나 박지 못한
청무우빛 풍경소리
돌가시,
못피운 줄기
생목 깊이 파고드는

받아라, 절 받아라
네 할애비 절 받아라

김씨 문중 초청장

이십 년 만에 허락한 너

별똥별

긋고 간 자리

늦둥이 첫울음 소리

돌가시나무 · 2

개똥참외 노란 설움 이맘때면 돌아온다
만선 꿈 부스러기도 펜잘통에 쑤셔 넣고
빚잔치 뒷소식들만
송신탑에 걸려 있다

십일월 어슴새벽, 관절염이 혼자 간다
먼 친척 기별 같은 서부둣길 괭이갈매기
돌가시 고집 하나로
파도 끝에 뿌리내리는

삼십여 년 하늬바람 진도섬 휘돌아온다
도둑고양이 등짝처럼 바짝 마른 소식 몇 송이
아버지 깊숙한 바다에
비린내로 뜨는 목선

돌가시나무 · 3

아무도 앉을 수 없는 자리가 하나 있다
하늘, 그 뜻마저 거역하신 명줄 하나
어머니 마른 정수리 얼음꽃이 피어나는

원당봉 숲길 오르면 늘, 서너발은 앞서 있다
쉼표 없는 문장 같은 삼양바다 집어등
밑바닥 나의 불면을 긁어대는 세탁기 소리

뒤꿈치 각질 쌓이듯 그렇게 쌓이는 거다
늦둥이 탯자리로 머물러 앉은 그대 생각
돌가시, 잘린 밑둥에도 솟구치는 생生이 있다

이제는, 꽃

분꽃이 제 몸 사려 꽃잎을 오므릴 때
혼자 된 친정어머니 손톱을 깎고 있다
마당귀 볕살을 바라 실눈을 가만 뜨고

가난으로 범벅이 된 아득도 한 젊은 시절
기제사 스물 몇 번 종가를 받드느라
팽팽한 생의 이랑엔 손톱 자랄 틈도 없던

새벽별 그림자에 푸른 힘줄 세우던 손
끝도 없이 쌓이는 일 손금조차 다 닳았다
아흔 살 기도하는 손, 이제야 피는 꽃잎

몽당연필

사실은 아들에게
칼을 쥐어주고 싶지 않다
이렇게 화창한 봄날
묵정밭 갈아엎듯
자동식 연필깎기로
하루를 깎고 있다

혼자 사는 친정어머니
팔순 생을 깎으신다
드르륵 몇 바퀴 돌리면
그만인 것을 인생은
선천성 제주의 여자
드디어 몽당해졌다

노을 한 채

이제는 저 세상이 더 가까운 어머니

두려움도 가벼워져 꽃잎처럼 가벼워져

별도천 그 끝자락에 징검돌 하나 놓는다

찔레꽃이 왔는지 바람결 보면 안다

조화처럼 멍하니 또 한 끼니 건너시는

아흔 살 텅 빈 마당에 나부끼는 노을 한 채

복사꽃, 지다

길눈도 어두운데 눈대중으로 마실 가네

유모차와 한 몸 되어 차 구경 사람 구경

담 너머 복사꽃 지네, 늦은 봄날 저물녘

꽃가마 탄 그날 이후 꽃 피던 날 없었어도

복사꽃 지는 그날 훌쩍 떠난 마실길에

어머님 별꽃이 되었네, 하늘 한끝 환하다

노을의 시간

서부두 어물전에
겨울비 빗금친다
반평생 이고지신
망향의 그 비린내
진도의
어느 부둣가
뱃고동으로 떠돈다

흩어진 여덟 식구
안부라도 챙겨왔나
고샅길 끝머리에
동백꽃이 하염없다
구순의
낡은 집 한 채
꽃노을로 지고 있다

제 **3** 부

등골 빠진
행원바다

행원일기 · 1

행원바다 가는 길 개민들레 떼판이다
팔순 어미 등짝에 껌딱지 같은 신신파스
열두 물 바릇잡이가 횃불로 타고 있다

행원리 바닷길엔 양식장 김씨가 산다
뜰채로 떠올리는 건 넙치만이 아니라며
대출금 연체이자에 등골 빠진 사내가 산다

오후 두시 세화오일장, 떨이 끝난 좌판 행렬
마흔 아홉 이 그리움 누구에게 떨이할까
가끔은 내 사랑에도 안전띠를 채우고 싶다

행원일기 · 2

행원바다 수평선은
가는 귀 먹었나보다

무자년 그 해 가을
불턱에 일던 바람

오늘은
해변에 나와
풍차나 돌리고 간다

웡이자랑

자랑자랑 웡이자랑 잘도 잔다 웡이자랑

애기구덕 흔들다가 삼양바다 흔들다가

그 바다 어느 모퉁이 한 남자가 걸어온다

자랑자랑 웡이자랑 우리 애기 웡이자랑

한 손으로 흔들다가 원당봉을 흔들다가

그 오름 어느 모퉁이 한 남자가 걸어온다

득하다

언제쯤 잊히나요
이승과 저승 사이

전화기 저편에서
건너오는 그 대답

삼 년이
세 번 지나도
어제본 듯 어른어른

그 남자, 아날로그

"지금 거신 번호는 통화할 수 없습니다"
겨우겨우 견디다가 그냥 꾹 눌러버리면
그 남자 단축번호가 음성메세지로 다가온다

인터넷이나 카톡은 아예 만져본 일 없다
식어가는 늦가을 굳어가는 몸 붙들고
그 남자 아날로그형 사랑을 고백한다

세상에 산다는 건 그리움을 눅이는 일
저 하늘 저 별들 중에 내생의 마을 있어
또 한 번 현기증 같은 안부를 묻고 싶다

집어등

그래 잘 가거라, 배웅한 적 없다

이제 그만 가거라, 등 떠민 적도 없다

저 혼자 홀연히 갔으니 그 책임도 혼자 져라

해 지우고 달 띄우는 삼양포구 한 모퉁이

실컷 욕설을 하니 괜히 또 미안해서

그 사내 형형한 눈빛, 집어등에 살아온다

그대는

앉다 앉다
앉을 데 없어
빚더미에 앉아보고

되다 되다
될게 없어
내 낭군 되어보고

이 세상
더 할게 없어
서천꽃밭 꽃 따러 간

꽃등

한 떼의
뻘기꽃 가고
줄기만 남았네

오월 청산
남편은 가고
뒷골목만 남았네

세상은
타령 한 곡조
어머니만 남았네

어느 날

충치 든 사랑니 하나 가차 없이 뽑혔다

매미들 통성기도 응답 없이 끝날 무렵

하늘은

내 사랑도 짐짓

그렇게 뽑아갔다

백중날

단 한치 오차 없이 백발백중 앉았네
원당봉 소나무 숲 곱게 받든 그 가지

허기진
안부를 끌고
백중달이 앉았네

달아달아 백중달아 기어코 따라온 달아
쉰일곱 해 세경살이, 다 못 한 일 남았는지

이 세상
마지막 노동
양식장에 뜬 달아

어떤 연緣

켜 놓은 티브이에 눈길이 확, 꽂혔다
대파 밭 갈아엎는 초로의 진도 농부
저것은 파도소리다,
트랙터 녹슨 이름

1970년 어느 겨울,
제주행 아리랑호
다섯 식구 이삿날 등 떠미는 하늬바람,
그 바다 그 하얀 뱃길 나와 연緣을 맺다니

간간히 숨비소리 같이 목젖에 남은 가락
대파 값 감귤 값이 오르거나 말거나
진도댁 눈물에 도는
아리아리 진도아리랑

제 **4** 부

후려쳐라,
천둥아

겨울 엽서

광양로 '사거릿길' 어슴새벽 쓸어낸다

싸락싸락 눈발 따라 출렁이는 어느 병상

한겨울 가로등불이 뇌경색 앓고 있다

팽나무 사설

물방앗간 삼 년에 한 팔 잘린 기범이 삼촌
아기 무덤 만들듯 팔무덤을 만들어 놓고
초하루 부채를 갚듯 그 무덤에 절했었지

열 번째 아버지 기일 고향동네 찾아 간다
물방앗간도 팔무덤도 다 사라진 강정들녘
한 세상 반타작이다, 퇴행성관절염 저 팽나무

카드대금 고지서처럼 겨울은 또 그렇게 온다
바람도 눈발도 다스릴 수 없었는지
마지막 수액 퍼 올릴 그 봄을 기다린다

소나기

갑자기 찾아오는

급성맹장 같은 거다.

병상어귀 느티나무

신용불량 통지서

한 세상

마른 병상을

후려쳐라, 천둥아

클린하우스 풍경

정오 무렵 본 할머니 자정 무렵 또 본다

흙투성이 쪽파 몇 뿌리 유모차에 실어 놓고

재활용 상자 뒤지며 희망 한 줌 찾으신다

등짝 마른 도둑고양이 끼니를 줍고 있다

따순 별빛이 내려 마른 등을 감싼다

가난한 겨울들판 같은 시 한 줄이 떠는 밤

2월, 천백고지를 지나며

범섬 앞 산호초가 주소지 옮겼는지

칼바람 천백고지 눈꽃으로 살아 있다

바다는 결빙의 꿈을

산에 묻고 싶었다

눈으로 듣는다, 겨울나무의 수어

버릴 것 더 없어서 신용카드 긁어대는

열세 살 서툰 숨비소리

아흔아홉골에 흐른다

가을장마

결코 땅의 일만은 아니다, 여름가뭄은

일수 찍듯 찾아오는 행원바다 낚시꾼

고수온 넙치 양식장, 계절도 U턴을 안다

마른 장마 마른 태풍 환장할 저 기압골

뜯지 않은 독촉장들 무가지無價紙처럼 쌓이고

당근밭 무너진 등뼈, 철심 하나 박고 싶다

그래, 이쯤에선 내 생도 U턴이다

늦가을 다랑쉬 오름 언저리에 터를 잡아

못 삭힌 자리젓 같은 그 안부를 묻는다

갱년기의 봄

아파트도 장미아파트
그 이름 하나만으로
흔들며 또 흔들리며
불꽃이 피어난다
함부로 말하지 마라,
떨어진 꽃은 죽는다고

그리움이 마르듯
물기마저 말라 가는
지천명도 못 달래는
갱년기 이 불면증
컴퓨터 바이러스 같은
그런 꽃을 피우고 싶다

낮달

참말로 반짝이던

스무 살 그 첫사랑

함부로 그리워하면

그마저 죄가 될까

아직도 해독 못 하는

행간으로 떠 있다

도깨비바늘

네 생각 떨쳐내고 겨우 맞은 가을밤

어쩌자고 귀뚜리가 기어이 또 달을 울려

내 안에

무수한 바늘

너에게만 붙는다

하도리 철새도래지에서

내려치는 죽비 같다
하늬바람 그 채찍
앉은뱅이 갯쑥부쟁이
무슨 약속 남았는지
하도리 철새도래지
벗어나질 못한다

세월도 그냥은 안가
류머티스 관절염
쇠기러기 저들도
하늘길 가는 동안
제 생애 딱 한 번 쯤은
도둑사랑이 그리운 거다

길은 허공의 길이
더 간절해지는 건가
선천성 이 그리움도
깡그리 보내고 싶은 날

저무는 지미봉 기슭
명치끝 저려온다

서울행

땅 차고
오르는 것들의
초라함을 알 것이다
쇠붙이도
하늘에선 한갓 미물인 것을
아직도 용서가 안 된다
물 건너
조아린 마을

바다까지
끌려 나온
세상의 불빛들이
무자년 소개령에
흩어져간 불빛들이
아버지
일기장 속에
은가시로 돋고 있다

제 5 부

동백꽃 부케

슬픈 한 끼

한 며칠
가을햇살에 식당도 익는 걸까

모처럼
만난다는 이 선생과 오 시인

일자리
놓친 세월에 나도 슬쩍 건너는 한 끼

제비꽃 시인

삼양포구 썰물이면 밀려오는 사람있네
운전대로 먹고 살다
그 운전대 놓쳐버린
신제주
한 귀퉁이에
월셋방 제비꽃 시인

가마우지 서너 마리 자맥질하는 어느 오후
세상은 외모 순이라
박박 우기는 어느 시인
허허허,
넉살도 좋은
한 사람이 환하네

비자나무

— 이용상 시인

제주 신촌 어느 시인 댁
문지기로 서 있다
저린 오금 쭈욱 펴며
오늘은 누가 오나
별안간
이름 잊을라
비자 몇 알 달고 섰다

음소거 텔레비전 같은
이조 초가 헐린 자리
젊은 날 판몰이 꿈
지팡이에 박아 놓고
이력서
끝줄에 넣을
그 무엇을 찾고 있다

어느 시인 집의 벽화

여인은 바다를 업고 바다는 아이를 업었다
줄기 째 뽑힌 생각들 뭍으로 와 처박힌다
꿩망골 굽이길 돌아 물질가는 들찔레야

박힌다, 등줄기 흰 파도가 허옇게
마지노선처럼 버티어 선 해무먹은 수평선
구럼비 괭이갈매기 조각배로 울고있다

종가宗家의 대물림이다, 어머니 바람든 무릎
내 발목 닿는 파도 발원지는 어디일까
절개지 허연 약속을 물고 있는 갯쑥부쟁이

잔칫날

동백꽃 서너 송이 늦눈 마저 서너 송이
갈매기 서넛 뜨듯 윷가락도 서너 개
우녘집 가문잔치에 가마솥 설설 끓었다

이 난리 춘궁기에 잔치가 웬말이냐
알녘집 그 비바리 급하긴 급했나보다
한 웅큼 부케 대신에 동백꽃 서너 가지

마을교회 팽나무에 찬송 소리 뜨는 날
내 딸 결혼식에 10만원짜리 저 부케
한 보름 물질이라야 그 꽃 한 다발 피울까

시인

원당봉 청솔가지에 반달이 걸려있다

다섯 살바기 아들녀석 눈 반짝이며 하는 말

"하늘이 캄캄하다고 달님이 불을 켰어요"

"그런데 누가 달님을 반으로 꺾었어요"

가부좌로 앉으신 원당사 큰 부처님

"시인이 별거라더냐, 저 놈이 바로 시인이다"

겨울안개

눈으로 내리지 못하는 이유가 있는 걸까

저 야성의 그리움이 절뚝이며 가고 있다

겁탈을 당한 노을이 무적으로 뜨는 바다

당당하다, 김씨 문중 족보는 당당하다

늦둥이 배냇짓 같은 아벨라 더듬이질

민건아, 오늘밤 저 눈발 너 혼자 잠재워라

순비기꽃의 말

물비린내 질척이는 서귀포 매일시장
팔순의 친정어머니 마늘 몇 단 팔고 있다
열세 살 애기해녀가 바릇잡이 팔던 그 곳

여자로 태어나서 못하는 일 없어야 하는
그녀의 오지랖 앞에 한바다가 출렁였다
그렇게 내 입술에도 대물림한 숨비소리

허리춤의 전대도 허기져 누운 시간
물질가는 어머니 흐린 수경 닦아내던
보랏빛 순비기꽃이 수평선에 피어난다

미나레트*를 꿈꾸다

아버지 자리 뜨신
친정집 안마당 같다
빈 의자들만 타고 가는
서귀포행 막버스
어머니
가르마 타듯
툭, 툭, 길 끊으며 간다.

끝내, 끝을 찾지 못한
실꾸리 끌어안고
마흔 다섯 늦은 꿈 하나
내 뱃속에 키운다
이 세상
모래바람 속
미나레트를 꿈꾸며.

*미나레트 : 사막에서 오아시스를 표시해 놓은 표지판.

한가위

아이들 시끌벅적

파도처럼 다녀가고

나도 파도 되어

친정어멍 보고 왔네

다저녁

고샅길 너머

얼비치는 그 봉분

몸살 난 바다

조금 무렵 삼양바다는
온종일 몸살이다

하루는 응급실로
하루는 중환자실로

한사코
나를 따르는
어머니 저, 숨비소리

고사리 장마

사월은 고사리 장마 고무신을 신고 온다
창 닳은 그 신발들 인해전술로 찾아오면
아버님 묻히신 들녘
끌고 가는 사월 장마

꺾이고 또 꺾여서 밑둥만 남았다
무자년 그날의 주춧돌도 드러나고
언 속살 헤집은 터에
빈 마을이 놓인다

제주해녀의 목숨값으로 아로새긴
생명의 노래

한림화(작가)

제주해녀의 목숨값으로 아로새긴
생명의 노래

한림화(작가)

1. 목숨값으로 수(繡)놓은 생명의 노래를 어찌 불러야 할까

조영자의 시조집 『반공일에 물질 간다』는 한 사람의 제주해 녀 목숨값으로 산 제주 섬 현대사(現代史)에다 한 땀 또 한 땀 수(繡)를 놓아 '제주여자의 일생을 아로새긴 생명의 노래'이다. 시(詩)들은 자신을 낳은 시인(詩人)의 생에 대하여 다 그만한 사연으로 노래하고 있노라고 대변하는 듯하다.

한 소녀가 어른 여자로 변모할 때까지 제주해녀의 신분으로 순간(瞬間)을 영겁(永劫)인양 수긍(首肯)하고 바닷속을 누빈 사연을 '태왁1) 장단에 맞추어 흔쾌하게 부르는 그런 노래 말이다.

누구에게나 주어지는 이 세상에서의 한 생을 어쩔 수 없어 그리 살아야 한다 할지라도 '열 길 바다 속' 세상은 숨을 쉬지 말아야 갈 수 있는 조건이 확실하게 담보되는 삶을 살게 하는 땅. 모질도록 이율배반적인 미지의 세계에서 허파의 기능을 유배 보내고 목숨과 맞바꾼 시간이 얼마나 길고 힘들었는지를 제삼자가 가늠하기란 쉽지 않다.

제주해녀가 살기 위해 바다의 안팎 어디에서 들숨과 날숨 사이에 숨겨놓은 죽음의 시간이 이렇게도 잘 갖춰진 라임(rhyme, 운)으로 선율을 완성했으니 한껏 청아한 사연인 양 노래를 하고도 남아 메아리진다.

한 사람의 서사적(敍事的) 자서(自敍)가 이렇게 노래 모음 같은 한 권의 시조집(時調集)으로 기록될 수 있음을 새삼스레 깨달으니 경외심이 절로 우러난다.

제주 섬 해녀 사람인 시인이 어린 시절부터 어른 된 근간에 이르도록 살기 위한 경험의 순간마다 아프디아픈 섬 역사를 시대별로 불러 앉혀 헌거롭게 노래를 부르는 정서를 어디에다 무

---

1) 해녀가 물질할 때 몸을 의지하는 둥그런 공 모양의 튜브(tube)인데 예전에는 박(gourd)으로 만들었다.

엇에다 비유해야 좋을지, 빗댈 '꺼리' 찾기가 여간 어렵다.

2. 시인 제주해녀를 이해하기 위한 이성의 변명

　우선 시를 받아든 후에 변명을 해두어야 할까 보다 하고 한참을 망설였다. 남의 창작물에 관한 한 일절 말 한마디도 글한 줄도 이제까지 고집스레 하지 않았다. 신념이었다. 누구의 작품인들 그리 글로 표현했다면 다 그만한 사유(思惟) 끝에 완성했을 것임으로.

　누가 무엇인가를 쓰자 뜻을 세웠다고 하자. 쓰기 훨씬 전부터 단어를 작품에 알맞추어 환치(換置)하고 거기에 자신의 뜻과 의지를 심어 문장도 배열한 후 완성작을 세상에 내어놓은 것을… 남의 작품을 대하는 철학이기도 했다.

　그런데 어쩌자고 그만 어느 지인(至人)이 명망(名望)으로 실을 꼬아 덕(德)에다 밑그림 삼아 투명한 그물을 엮어 쳐놓은 덫에 걸려 버리고 말았다.

　한참동안이나 그 덫을 벗어나려고 모든 경우의 수를 다 셈하여 들이대 보았지만 그물코마다 오랏줄이 되고 수갑으로 변신하여 더욱더 견고하게 옥죄어 왔다. 옴짝달싹하지 못하는 상황에 놓인 처지가 된 게 너무도 확실하였다. 더는 버티지 못하여 그러마고, 감상문(感想文) 한 편을 써 올리겠노라고 심중에도 없는 답을 하고 말았다. 어쩔 수 없다. 체념하고 그동안 마음에 덕지덕지 붙었을 세상살이 때도 벗길 겸 시감상(詩鑑賞)을 하기로 하였다. 이 대목쯤에서 마음으로 음미하는 감상 차원을 온전히 벗어나서 이성(理性)에 의지해야 할 경우의 수도 헤아렸음을 아울러 고백한다. 그러니까 제주 여성이면 누구나 다 제주 바다를 누비는 제주해녀가 될 수 있다. 단 제주해녀공동체의 사회조직이 매우 견고하며 합리적인데다 동질성이 강하기가 구성원이 되는 것이 만만하지 않음을 역설해야 하는데 감성만으로는 아무래도 설명하기가 힘에 겨워 더러 이 분야의 인문학 기초자료도 차입할 수밖에 없었다.

3. 열 살짜리 제주해녀에서부터 발자국을 새겨온 여장부의 행보(行步)가 시(詩)가 되면

처음 원고를 받고는 어떤 시들이 어떻게 쓰였는지 감을 잡고 싶었다. 그런 의도로 작품을 펼쳐 앉았으니 감성은 고사하고 이성도 아직 꺼내놓지를 않았다. 눈[目]으로 내리읽어 내려가다가 그만 나도 모르게 통곡하고 말았다. 그냥 한참 동안이나 주책바가지가 따로 없다 싶게 대성통곡을 했다. 무심(無心)한 듯 시어(詩語)의 행간에 또렷이 자리 잡은 악 바르지 않으나 악 바르디 악 바른 어린 소녀 해녀가 확 다가들어 '미나리' 한 움큼을 쥔 손 주먹으로 눈물샘부터 맵싸게 때리고 보는 거였다. 그에다 이 세상 짐을 죄다 짊어진 제주 섬사람 어머니와 '일만하다 생을 마치는 소[牛]보다도 못한 팔자를 안고 태어난다'는 제주 섬사람 딸과 그 짐을 지고도 세상을 달관한 듯 노래하는 시인으로 다시 당당하게 또 하나의 삶을 마련하다니!

이 여자해녀 시인 좀 보게나. 어린 사람 제주해녀에서 출발하여 어른 제주 섬사람이 되도록 제주 섬 바다를 노래해놓은 것도 모자라 섬사람들 생애마다 같이 살고 같이 울고 같이 위무하자고 다짐한다. 아직은 음미할 채비를 차리지 못하고 그저 '읽는 참'인데도 시조(時調)의 라임이 바싹 이끌더니 제주 섬을 휘 감돌아 샅샅이 살펴보라 한다.

이 세상을 유유자적 헌거롭게 유영하는 시인의 모습에 비친 기쁨과 슬픔과 고통과 즐거움에 빙의(憑依)되어 버렸던 것이다. 동시에 역설적이게도 뼈가 깎이고 살점이 도려지는 상황을 껴안고 하나뿐인 생명을 담보로 잡히고는 물질만이 삶을 보장해준다고 보란 듯이 바닷속을 넘나든 아이, 열 살을 갓 넘긴 '애기잠수'(어린 해녀)의 시간을 보았다.

그 아이 제주해녀의 수줍은 듯 그러나 삶을 향해 앙팡지게 걸음을 내딛는 모습이라니, 결국에는 산전수전 다 체험하고도 한 점도 힘든 세상이 아니었다는 듯이 시어마다 톡 튕기는 나이 든 여장부의 모습에 압도되었다.

4. 제주해녀가 시조의 운율을 헤엄치는 근본에 놓인 바다는

'반공일엔 물질 간다'를 다른 문장으로 바꾸면 '(나는 혹은 제주해녀는) 토요일마다 바다로 물질하러 간다'이다. 제주해녀가 아니 이 어린 제주해녀가 토요일이면 물질을 한다는 행위를 단정적으로 적시한 표현이다. 토요일이 아닌 평일에 물질을 갈 수 없다는 전제가 깔린 걸로 봐 그런 제약을 받을 만한 상황에 놓였음을 짐작하는 건 그리 어렵지 않게 추측하고도 남을 명제이기도 하다.

표제에서 맞닥뜨린 수수께끼를 풀기 전에 아무래도 제주해녀에 대하여 설명을 조금 해야될 것 같다. 그래야만 이 시조집에 담긴 시편들을 제주 섬사람 뿐 아니라 그 누구라도 오롯이 감상할 수 있을 것만 같은 노파심(老婆心)의 발로(發露)에서이다. 이해를 바라면서….

지금은 제주 섬이 아니라도 우리나라 어디에나 바다가 있는 곳이면 여기저기 해녀들이 있다. 하지만 제주해녀는 제주 섬에서 제주 인류사회가 나타난 이래 기원(起原)한 전문직업인(專門職業人) 집단이며 그들만의 독특한 사회를 구성하고 문화를 누려오고 있다.

사족(蛇足)을 붙이자면 제주해녀에 대한 인문학 관련 자료집을 서너 권 펴낸 바 있고 그에 대한 인문학적 연구도 할 만큼

하여 논문도 여러 편 국내외에 발표한 이력이 있으니 제주해녀를 간단하게 해설해도 무방하리라고 본다.

지금은 제주 섬 바닷가 마을마다 제주해녀가 물질을 하는 '바다밭'으로 내리는 갯가 초입 양지바른 곳에 현대식 탈의장이 있다. 예전에는 그 탈의장 자리가 제주 섬사람 말로는 '엉덕'이라 일컫는 '바위그늘(Rockshelter)' 등 바람막이 구실을 하는 큰 바위나 암반을 의지한 노천(露天)에 화톳불을 놔 그 동네 제주해녀의 집합 장소로 삼았다. 그 공간은 아늑하기가 이를 데 없었는데 '불턱'이라고 하였다. 해녀공동체가 놓은 '불턱'은 물질을 전후한 탈의뿐만 아니라 나아가 자신들이 속한 마을의 크고 작은 일에서부터 학교를 짓거나 길을 내는 제반 사항을 토론하고 걸림돌이 있거나 문제가 있으면 해결할 방법을 찾는 회의장(會議場)이었다. 또한 독특한 또 하나의 영역특성을 들 수 있는데 그곳만은 '금남(禁男)의 구역'이었다. 불턱이야말로 제주해녀의 상징과도 같은 장소였다.

불턱에 대하여 한 수 깊이 들어가자. 제주의 바닷가 마을 태생인 제주여성이라고 해도 '불턱'에 한 자리를 차지하는 권리가 있어야만 비로소 제주해녀로 인정(認定)되었다. 불턱에는 그들 사회만이 갖는 위계질서가 매우 엄격하게 존재했다. 공동체를 구성하는 명칭에서도 나타나듯 사뭇 군대조직과 흡사했다. 그러니까 물질을 가장 잘하는 그룹을 '상잠수(上潛嫂)' 혹은 '상군(上軍)'이며 이 중에서 최고참자에다 덕이 있어 널리 존경

받는 이를 웃어른으로 모셨다. 그는 그 불턱의 실질적인 수장이었는데 첨예하게 의견이 엇갈리거나 해녀들 간에 생기는 일들에 대하여 그의 판단에 의지하고 따랐다.

물질 기량이 보통인 그룹은 '중(中)잠수(중군)'라 칭하며 제주해녀사회의 허리 부분에 해당하는데 대부분의 구성원이 여기에 속했다. 그 나머지는 물질이 형편없거나 금방 배우는 그룹을 싸잡아 '하(下)잠수(하군)'라 했는데 '신출내기'니 '돌파리'니 하며 재미있게 부르기도 했다. 이외에도 늙도록 물질하는 이를 '할망잠수', 금방 물질을 시작하여 배우는 어린 소녀는 '애기잠수'라고 따로 불렀다. 이들은 극히 수가 적어 해녀사회에서는 극진한 보살핌을 받았다. 노인 해녀가 물질하는 얕고 해산물이 비교적 풍부한 바다를 설정하여 '할망바당'이라고 구분하듯 어린 해녀가 물질기량을 쌓고 또 소득도 다소 올리도록 설정해 놓은 바다를 '애기(잠수)바당'이라 했다.

'바당'은 제주지역어로 바다를 이른다. 이 시조집에 나타난 열 살을 넘겼을까 말까한 시인의 소녀 시절 물질을 한 바다를 '학생바당'으로 표현한 근간은 '애기바당'에서 연유한 것이다. 제주지역어로는 제주해녀를 '잠수(潛嫂, 줌수)', '잠녀(潛女, 줌녀(녜))',라고 불렀다. 이제는 '해녀(海女)', 특정하여 '제주해녀(濟州海女)'라고 통일된 명칭을 쓴다. 이 명칭은 조선조 말기에 제주 섬에 유배 된 한량의 시 구절에서, 또 다른 설에 의하면 일제강점기에 일본으로부터 들어온 식민(植民)명칭이라고도 했다. 그 여파인지 몰라도 제주해녀사회에서는 1980년대 초반까지는 크게 통용되지 못하였다. 이 밖에도 제주해녀를 연구하는 학자들과 언론인들에 의해 사용되면서 널리 퍼졌고 정착되었다고 추측하기도 한다.

조선시대 당시를 기록한 역사서(歷史書) 중의 하나로 1700년 초기에 제주목사로 복무한 이형상(李衡祥)의 공적기록(公的紀錄)인 '남환박물(南宦博物)'에는 '잠녀안(潛女案) 즉 제주해녀에 관하여 인적자원공적관리(人的資源公的管理)를 하는 상황을 소상하게 적고 있다. 이 문서로 미뤄보건대 제주해녀공동체를 국가가 관리하는 조공(朝貢)일꾼단체로 봤음을 알 수 있다. 제주해녀가 세계의 인류무형문화유산이 공식적으로 등재되기 전까지 모든 관련 법규들에는 '잠수(潛嫂)'라고 나타나 있다. 1970년도 초기에「수산업협동조합법」에 의해 어촌계(漁村契)가 설립되었는데 제주해녀공동체를 강제 소속시켰다. 따라서 어촌계에 소속된 하부조직으로 공식명칭이 '잠수회(潛嫂會)'였다.

우리정부는 유네스코[United Nations Educational, Scientific and Cultural Organization (UNESCO)]에 2014년 3월 '제주해녀문화(濟州海女 文化(한자); Culture of Jeju Haenyeo(영어))'라고 특정하여 등재신청을 하였다. 그 때, 2016년 11월 한국의 19번째 인류무형문화유산으로 등재될 때도 그 명칭을 두고 막후에서는 의견이 분분했다. 더구나 일본은 '아마(あま)'라고 하는 일본해녀(Japanese Ama)도 동반등

재해야 한다면서 명칭의 동일성을 강조하기도 하였다는 후문이 나돌았다. 이후 '잠수회' 명칭이 '제주해녀회'로 바뀌었는지는 확실히 모르겠다.

자, 이쯤에서 다시 표제에서부터 맞닥뜨린 수수께끼에 답을 내자. 예전 주 5일제가 실시되기 전까지 우리나라는 토요일 한낮 열두 시까지는 평일이었다. 그렇게 반나절만 쉬는 토요일을 다르게 부르기를, '반공일(半空日)'이라고 했다. 토요일마다 바다에 가서 해녀로서 물질작업을 한다는 명제를 뒤집어도 표제에서 보듯이 명확하게 드러나는 '물질하는 날의 표식(表式)'이 있다는 사실이다. 월화수목금토요일반나절에는 다른 어떤 제약이 있어 물질을 할 수 없다는 걸 단번에 알 수 있는 암시(暗示)인 동시에 기호(記號)이다. 학교에 다니는 학생이기 때문에 휴일이 아니면 물질을 할 수 없다는 것임을 시어에서 발견하기 어렵지 않다. 중학생이라고 어른제주해녀들이 설정해준 '학생바당'에서 물질을 하노라고 자신의 신분을 명명백백하게 밝히고 있다. 이 소녀 학생인 동시에 어린 제주해녀는 토요일 방과 후면 어김없이 물질하러 가지 않을 수 없는 소위 변경이 불가능하게 정해진 일, 작업 스케줄(schedule)이 있었음을 공표한 셈이다.

5. 이제 본격적으로 '반공일엔 물질 간다.'

시조집(時調集)은 총 5부로 나뉘어 각부마다 꼭 해야만 하는 '할 말'을 노래하고 있다. 나눈 기준이 선명하고 뚜렷하다. 시편 대부분에서 제주지역어(濟州地域語, regional dialect)를 동반하고 있는 것도 이 작품집의 특징 아닌 특징인 듯싶다. 왜냐하면 작품을 통하여 지역의 정서를 올바르게 드러내고자 하는 특별한 경우에 더러 방언(方言)을 차용하여 활용하는 기법은 어느 한 문인만이 아닌 소위 '지방 출신'들이면 다들 그렇게 해오고 있다. 심지어 우리나라 표준어의 근간이 되는 '서울말'에도 사투리가 있음을 상기하면 수긍하고도 남을 터이다. 이 작품집의 지역어에는 표준어를 따로 덧붙인다던지 주(註)를 달지 않았는데도 충분히 의미하는바 뜻을 새길 수 있게 구사하고 있다. 참으로 부러운 '자기 언어 쓰기'이다.

잘 음미하고 감상문을 멋들어지게(?) 일필휘지(一筆揮之) 쓰잤더니 웬걸, 시조들이 편마다 들고 일어나 확 '가달치기'를 해 패대기친다. 어쩌면 이리도 시절가조(時節歌調) 한 편을 마음 푹 놓고 감상하지 못하게, 시편들이 다 하나같이 '너, 제주 섬 현대사 첫 단원을 철저히 공부했느냐'라고 청천벽력(靑天霹靂) 같이 고함지른다. 제대로 알 것은 알고 있음을 바탕으로 삼고 감상문을 써도 써야 한다고 이성의 잣대로 후려친다. 알고 있다면 이 시조들을 음미할 많은 이들을 위해 이들 시편의 저변에서 생생하게 살아 깊은 물결로 흐르며 장단을 쳐 노래의 눈물 맛 때문에 눈[目]이 짓무르고 마는 제주역사를 소개하라 호

령한다. 단시조(單時調) 한 소절인들 내 감성이 이끄는 대로, 내 마음이 가는 대로 음미하면 되지 않음을 깨우쳐 알았다. 정신이 번쩍 들었다. 마치 학창시절에 선생님이 열강(熱講)하는 가르침을 듣는 둥 마는 둥 꾸벅꾸벅 졸다가 회초리에 된통 얻어맞고 얼얼하게 맵던 맛과 같았다. 하긴 그렇다고 얼른 고개를 끄덕이고는 제주 섬의 현대사를 되새겼다.

그 역사의 첫 페이지를 들추니 1945년 8월 15일 그날, 얼결에 일본제국의 손아귀에서 벗어나 '광복' 된 그날이었다. 제주 섬 사람들이 일본제국의 손아귀에서 놓여난 줄 아무도 몰랐다는 그날은 체험한 이 아무도 없는 섬 현대사가 열린 날이기도 하다. 그다음 장에서는 곧바로 해방된 기쁨이 무엇인지는 나중에 맛봐도 된다면서 우선 나라부터 바로 세우고 보자며 제주섬무 지렁이들이 들고 일어난 '사태', 1948년 4월 3일에 터진 일명 '제주4.3사건' 이었다.

해방된 그 날 이후로 섬으로 환고향(還故鄕)한 귀향자(歸鄕者)까지 낱낱이 헤아려도 섬사람 머리수가 30만이 채 되지 않았는데 75년이 지난 지금까지 정명(正名)도 못한 그 사태로 죽어간 이들 숫자만 대충 헤아려도 3만 명이 훨씬 넘는다고 역사는 기록하고 있다. 엎친 데 덮친다더니 1950년 6월 25일 새벽에 북한이 무력으로 3.8선을 밀고 내려와 갑자기 전쟁을 일으켰다. 그 '사변'을 누가 모르랴! 이에 제주 섬의 젊은 사나이들은 너나없이 자발적으로 참전(參戰)하였다. 이참에 '제주4.3사건'

뒤끝으로 덧씌워진 '붉은 섬 제주'가 아니라고, 진정 '빨갱이'가 아닌 대한민국의 국민임을 입증하려 제 발로 모슬포에 차려진 징병소(徵兵所)에 걸어가 참전하여 목숨 걸고 싸웠다.

그리고 또 뭔가가 있었다. 리승만 정부의 독재에 항거하여 1960년 4월 19일에 학생과 시민이 일어선 4.19혁명 뒤끝으로, 1961년 5월 16일 새벽에 군인들이 탱크를 앞세우고 일으킨 5·16군사정변(五一六軍事政變)이며 이후 제5공화국 내내 '새마을지도자'의 눈치를 보면서 살아야 했다. 그 뿐이 아니다. 1979년 12월 12일에 벌어진 12.12 군사반란 이후로도 제주 섬 사람들은 '국민 된 도리'를 다하느라 너나없이 생색 한 번을 멋들어지게 내지 못하고 살았다. 그렇게 살아오는 동안 제주 섬사람들은 기를 펴고 살기가 참으로 힘겨웠다. 그래도 산 사람은 산다고 했다. 제주 섬사람들도 그렇게 살았다.

'반공일엔 물질 간다'를 통하여 바로 그렇게 이어온 제주 섬사람 삶이 파노라마처럼 그러나 가끔은 가리개로 어느 한 귀퉁이가 가려진 체 진솔하게 펼쳐진다.

제1부에서는 시인의 고향임에 틀림 없는 서귀포시 '강정리(동)의 삶을, 제주 섬에서는 보기 드문 '미나리깡'이 있는 강정천 시냇가 풍경을 시발점으로 하여 '미나리'에 시제를 두고 흔연하게 그려 나가고 있다.

강정마을 돌아드는
논골물 미나리밭

뭐 흔한 시골 개울가의 풍경 아니냐고 예단하지 말라. 예로부터 물 마른 건천(乾川)이 한라산 정상에서부터 바다까지 여러 갈래로 내리 쪼개져 펼쳐진 제주 섬이다. 유독 강정동(리)만은 제주 섬 어디에도 없는 사시사철 물 마름이 없이 맑게 소리 내어 콸콸 바다로 흘러가는 '강정천'을 두었다. 한라산 백록담에서부터 근원한 물줄기가 은어(銀魚, sweetfish)를 품어 뛰어놀게 하고 그 옆 둔덕으로 논밭이 질펀하니 펼쳐있어 철 따라 때맞추어 나락밭에 곡식 물결이 넘실대는 유일한 바닷가 마을이다.

그러기에 예전 제주 사람은 구경하려도 귀했던 '곤쌀(흰쌀)'이 생산되던 마을이니 제주섬마을 중 으뜸이라 하여 '일강정'이라고 별호를 붙일 정도였다. 화산섬 제주에서 가장 잘 사는 동네, 풍요로운 사람살이 땅의 상징이었다.

이러저러한 마을 자랑거리 덕에 강정동 사람들은 자부심도 대단했다. 그런 마을을 고향으로 둔 열 살 소녀인 어린 제주해녀는 '일강정' 주민으로서는 조금 예외인 듯 살림살이가 부실했음을 시편 '미나리'의 끝자락에서 보여주고 있다.

열 살짜리 조막손이

캐어온 이른 봄을
오일장
어느 귀퉁이
쌀 한 되와 맞바꾼다

더 깊은 이야기를 하지 않아도 알만한 가세(家勢)는 '강정,
그 이후'에서 절절하게 펼쳐진다. 그 고향 바다가 해군기지(海
軍基地), 공식 명칭으로 치자면 '민군복합항(民軍複合港)'으
로 변하였음은 대한민국 국민이면 다 아는 사실이다. 숨 쉴 겨
를도 없이 고향 바다의 변모를 자신의 유년에서 되살리려 애쓰
는 품이라니! 그래도 그 변화로 인해 삶을 책임져 주던 '학생바
당'도 사라지고 하나의 암반으로 주욱 뻗어있어 제주 갯가 현
무암 지대의 자랑거리로 제주섬 생성 이래 자랑거리였던 '구럼
비'도 자취를 감춰버린 그 낯설면서도 익숙한 고향 바다를 노
골적으로 드러내지 않으려 속내를 감춘다. 이렇게.

그래도 고향이다, 강정은 고향이다
(중략)

나는 단발머리 중학생 해녀였다
외상으로 들고 온 테왁 하나 둘러매면
마을은 바다 한 켠을 나에게 내주었다

야트막한 그 바다 자그마한 숨비소리
서귀포 매일시장 보말 몇 줌 팔고 나면
못 본 척 등을 돌리던 웃드르 출신 어머니

노랑 깃발 태극 깃발 여태껏 펄럭여도
강정천 줄기 따라 은어 떼는 돌아왔다
밤이면 방파제 너머 집어등도 돌아왔다

　이제는 강정 본토박이라도 함부로 드나들 수 없는 바다. 자신은 중학생이었을 때부터 그 바다에서 물질을 했노라는 어린 시절의 일지를 둘러댐이 없이 곧장 토해놓고 있다. 이 시편에서 시인은 어린 시절의 삶과 가족 구성원 품새는 물론이고 어머니의 출신지까지를 압축파일처럼 부피를 최대한으로 줄여 저장해 놓았다. 자신은 어린 나이에 물질을 할 수밖에 없었음이 어머니의 태생지를 공개함으로써 단번에 숨은 사연을 알게 되는 시편이기도 하다. 제주 섬 여성이라고 다 물질을 하는 제주해녀가 될 수 없음도 해설 없이 단박에 토파한다. 그렇다. 제주의 바닷가 마을 태생만이 어렸을 때부터 차근차근 단계를 밟아가며 물질을 배워 제주해녀로 성장한다. 물질 기술은 하루아침에 연마되는 것이 아닌 세월과 키재기를 해야만 익히게 되는 고단수의 기술이기 때문이다.
　『반공일엔 물질 간다』가 그런 제주해녀의 성장기뿐 아니라 구성원의 연령대까지를 학습하게 하는, 일종의 제주해녀 교과

서와 다름없다. 물질은 바다 날씨에 좌우됨도 주지하고 있다.
또 광목으로 만든 전통 제주해녀 일복을 벗어버리고 다이버
(Diver)가 입는 고무 재질의 슈트(suit)를 입은 후로 해녀가 자
맥질을 원활하게 하기 위하여 적잖이 무게가 나가는 납덩이를
허리며 가슴께에까지 마치 군인이 총알X반도를 차듯이 두르고
작업을 해야만 하는데 그 무게를 감당해야 함도 실토하고 있
다. 보라.

토요일은 반공일半空日,
안경 대신 수경 쓰는 날
칠 · 팔순 이미 넘긴 테왁 무리에 나도 섞여
단단한 납덩이 시간 파도에 묶어본다

육지 날씨 상관마라
바당만 맑으면 된다
내 동생 학비마저 내어주는 바다 한켠
점심을 거른 낮달이 숨비소리 토한다

중학생 소녀 제주해녀기 물질을 해야만 하는 이유를 얼마
나 명쾌하게 설명을 하는 지, 시 구절을 훨씬 뛰어넘은 자전(自
傳)해설이라고 해야 할 것만 같다 자신은 물론이고 동생의 학
비까지도 벌 수 있는 유일한 수단인 물질을 할 수 있음을 마치
바다가 텃밭을 내어준 양 숨비소리를 절절하게 내뱉고 있지 아

니한가. 점심을 먹지 못한 강도 높은 노동에 배고픔이 극에 달했을 텐데도 오로지 내일 동생의 손에 쥐어 줘야만 하는 학비를 버는 것으로 자신의 고난쯤은 일축해 버리는 소녀 제주해녀였다. 그랬는데 어느 날 방문한 거기, 변해버린 고향바다를 보는 아픔은 안으로만 삼켜서 치유될 수 없음을 어른 된 이제도 유년의 경험치(經驗值)가 역설하고 있는 상황까지는 어쩌지 못한다.

눈 들면 고향 바다
해군기지 깃발들
새별코지 끝자락에 테왁들 어디갔나
일강정 구럼비 바위, 그 바위는 어디갔나

오죽이나 흔적조차 찾지 못할 만치 변한 고향바다가 가슴에 돌덩이처럼 무겁게 얹었으면

수평선 같은 빨랫줄에 걸려 있는 잠수복
나에겐 저것들도 성스런 신앙이다

라고 스스로를 위로할까 싶다. 그래서 시인에게 그토록 고마웠던 고향바다가 '바다, 그 지랄 같은' 장소로 변하고 말았다. 그뿐이 아니었다. 어른이 되면서 이주했던 제주 섬의 다른 바다들, '삼양' 바다도 '행원' 바다도 다 눈 밖으로 쫓아낼 판이다.

유년의 강정바다는 가난한 가족일망정 더불어 살게 힘을 준 물질을 보장했었다. 삶과 죽음의 경계에서 수많이 뱉었던 '숨비소리'였다. 하지만 자신의 생애에서 옷에 묻은 먼지를 털어내듯이 떨쳐버리고 싶은 심정은 고향 바다가 사라진 자리에다 악다구니를 해야만 직성이 풀릴 것 같았을까, 모르겠다. 그렇게 제1부가 이 시조집에 실린 시편들을 다 대변한다고 해도 과언이 아닐 정도이다. 그 다음 시편들은 다만 시인의 생애를 거들 뿐임을 비로소 알았다. 하지만 어쩌지 못하고 모든 시들을 내리 가슴으로 품고 마음으로 헤아렸다.

그래서 제2부에서 펼쳐 보이는 또 다른 삶, 제주 섬 역사가 아니 우리나라 대한민국 국민으로서 몸소 받아들이지 않으면 안 되는 처절한 역사의 질곡을 무심한 듯 노래하는 시인의 심성과 다시 마주 앉았다. 예전 21세기 초반까지만 하여도 가족이란 단위에서 전통적으로 보게 되는 아버지는 언제나 중심에 자리해 있게 마련이었다. 그가 어떤 상태에 놓였는가 하는 존재의 상황은 중심점을 구성하는 데에 하등 영향력을 미치지 않았다. 그래서 1950년 '6.25 한국전쟁'이 발발하자 자원해 총을 들었던 전쟁터에서 한쪽 눈을 잃은 제주 섬사람 청년의 생애는 처참하게 엮어진다. 그가 하필이면 시인의 아버지가 되다니. 인연은 아무도 거스르지 못한다. 시인은 인연의 불가피성을 알기에 평생을 술과 더불어 살아가다 세상을 하직한 아버지 그 아버지를, 가족을 노래하는 중심에 앉히고 기도하듯 기억한다.

남은 건 참전용사증, 비석에도 못 올린 거
소주병에 피워내신 가시 돋힌 한 세상
그 봉분 산담도 없이 뻐꾹소리 들이네

　불행한 삶을 살았던 아버지의 이승자리를 시인은 번듯하게
지키고 있음이 조금도 낯설지 않다. 그게 인연이다. 인연으로
맺어진 자식된 도리이다. 이보다 더 역사 속에서 역사를 몸소
살아갔던 한 아버지의 생을 달리 표현할 수 있을까! 가슴이 먹
먹하다 못해 명치끝에 심한 통증을 느낀다. 눈에 보이지 않는
그 어떤 무엇, 결코 끊을 수 없는 투명한 끈으로 친친 동여매어
진 가족은 실제 삶을 뛰어넘어 생의 뒤안을 조망하는 달관의
경지에 든 시어 속에서도 관계의 연속성을 드러내게 마련이다.
죽어서도 서로를 이어주고 얽었던 끈이 팽팽하니 살아있게 마
련인 유일한 관계가 가족이 아닐까. 아득한 현기증이 인다.
　'늦은 화해' 편에서 피워 낸 시인의 언어 꽃에서는 '제주 4.3
사건'의 여파로 '6.25 한국전쟁'에 참전하여 강원도 어느 산골
짜기에서 한쪽 눈을 실명하고는 이생에서의 삶을 팽개치다 말
고 저세상으로 길 떠난 아버지가 피어났다. 아버지를 기리는 언
어 꽃은 무슨 색으로 피어나 무슨 향을 흩뿌린다고 해야 할까
눈시울이 뜨겁다. 시인은 아버지의 고난한 삶, 시대를 결코 거
스를 수 없는 현재적 고난의 행군을 충분히 이해한 듯하다. 그
러기에 시인의 아버지로 살았던 그 삶을 오롯이 가슴에 품었

지 않았나 싶다. 그 아버지의 술타령이 지겨웠을 법도 한데 흔쾌하게 세상의 운행을 받아들이는 시인의 심성을 느껴 알기를, 참으로 수도사(修道士)와 같은 마음을 지녔구나. 그러기에 배고팠던 기억을 꽃들로 되살려낸 시어들이 가득하여 제대로 아비 노릇 하지 못한 아버지로하여금 자식의 배고픈 삶을 뒤돌아보지 마시라 걱정하지 마시라 위로하고 있다. '꿩망골 수국'에서처럼.

어쩐 일로 고봉밥이니?

탐스런 꽃 한 다발로 피는 수국의 매무시가 밥그릇 가득 고봉으로 올려 퍼담은 밥으로 변신했으니 배고픈 이 없다는 선언과도 같다. 한 사람의 일생은 태생적 가족 말고도 수많은 인연으로 맺어진다. 그러기에 불가(佛家)에서는 인연이 닿으려면 서로의 옷자락이 무량억겁(無量億劫)이나 스쳐야 한다고 했던가. 그런 인연이 닿은 흔적인가.

제3부에서는 분명 이 세상에서 어떻게 해서든 살아보려고 발버둥친 시인의 남편이 선명하게 각인(刻印)되어 보인다. 양식장도 하고 또 무엇도 하고 그러고도 뭔가를 하지 않으면 안 되는 이 세상살이를 하다가 저 세상으로 떠난 지아비를 기리는 노래일 터이다. 아니면 앞서 떠나버린 배필에 대한 원망스러움을 탓하는 탄원가(歎願歌)이기도 하다.

제주시 구좌읍 행원리는 해안선이 아름답기가 갯가에서부터 물가까지 동선이 비교적 길고 완만하여 제주 섬에서 가장 먼저 어류 양식장이 들어선 바닷가 마을이다. 마을에서부터 바닷가에 이르는 길목이 한없이 긴 행원리. 거기 어디쯤에선가 양식장을 하느라 등골이 휜 김씨는 정녕 시인의 남편일 터이다.

개민들레가 질펀하게 핀 그 바닷가 벌판 어딘가에 일군 넙치양식장을 디딤돌 삼아 성공했더라면 시인은 아마 시인이 아닌 부잣집 마나님, 요즘 표현을 빌자면 사모님으로 흡족한 장년을 살아 중년에 이르렀을까… 여운이 마음에 잔잔한 파도를 일군다.

'바릇잡이'는 해루질의 제주지역어이다. 썰물 때가 밤이면 기수대(汽水帶)에 내린 마을 사람들이 횃불을 켜 들고 '바당 것(해산물)'들을 유인한다. 그건 끼니를 해결할 수단보다는 밤바다를 노니는 재미있음에 더 제주 섬사람들은 방점을 둔다. 실패한 지아비 삶의 행적에 매달리는 시인이 일순간 미워졌다. 그와 함께했던 즐거운 시간들을 회상하는 것만으로는 이별한 슬픔이, 그래서 원망하는 마음이 크다는 걸 모르지 않으면서도 삶의 역경을 스스로 헤쳐 나간 그 어린 해녀 여장부의 기개를 왜 잃었는가? 시인은 반드시 답해야 한다. 그 답을 듣지 못하면 시인의 시편에 빙의해버린 내 마음의 아린 아픔을 치유할 길 없으리라. 간곡하게 부탁한다. 제발 '득하다'에서처럼.

언제쯤 잊히나요
이승과 저승 사이

가늠할 길 없는 그 거리가 너무 아득하게 길어 이생에서는 결코 잊힐 수 없으니 그냥 마음에 안고 있으라, 되지도 않을 위로를 우격다짐으로 건넨다.

"지금 거신 번호는 통화할 수 없습니다"
겨우겨우 견디다가 그냥 꾹 눌러버리면
그 남자 단축번호가 음성메세지로 다가온다

그 행위의 이면을 안다. 다 알면서, 결과를 알면서 자꾸 없는 답을 얻으려고 시도하는 그 속내를 모르지 않으면서 슬그머니 왜 이리도 가눌 길 없이 화가 난다. 그러기에 동서고금을 막론하고 인류가 지구상에 발상한 이래 해결할 수 없는 인간사를 일컬어 '그런 게 생이다(That's Life)!' 라는 말마디로 매듭지었을까. '집어등' 에서처럼.

그래 잘 가거라, 배웅한 적 없다
이제 그만 가거라, 등 떠민 적도 없다
저 혼자 홀연히 갔으니 그 책임도 혼자 져라

하며 멍든 심정을 토파했으면 되었다. 그리고 '그대는' 에서 할

말을 다 하지 않았는가. 누가 봐도 그 어떤 가인(歌人)이 노래
해도

앉다 앉다
앉을 데 없어
빚더미에 앉아보고

되다 되다
될게 없어
내 낭군 되어보고

이 세상
더 할게 없어
서천꽃밭 꽃 따러 간

지아비의 세세한 사연을 다 알면서, 원망 그만하시라 욕설 타
작 그만하시라. 말려놓고 보니 시인은 어느새 해탈하였다. '꽃
등'을 미처 보지 못하고 시인의 아픈 마음을 끊어내려 했다.

오월 청산
남편은 가고
뒷골목만 남았네

'어느 날' 뽑아버린 '충치 든 사랑니 하나' 처럼 하늘이 개입하면 없애지 못할 맺힌 원한이나 원망 따위 아예 발붙일 자리 없음을 시인은 안다. 그리하여 세상 모든 아픈 마음을 위무하려 시 자리를 마련한 것일 터. '백중날' 밤에 하늘 저만치 말갛게 나앉은 달마저 사뭇 시린 눈길을 준다. 이렇게.

이 세상
마지막 노동
양식장에 뜬 달아

그렇게 영이별한 마음자리를 쓰다듬다가도 또, 영 잊지 않으려 그 인연을 '어떤 연緣' 으로 회상한다.

1970년 어느 겨울,
제주행 아리랑호
다섯 식구 이삿날 등 떠미는 하늬바람,
그 바다 그 하얀 뱃길 나와 연緣을 맺다니

라고.

제4부는 분명 시인의 생애 중 가장 완숙에 도달한 그 자신의 중년에 엽서를 쓰고 있음에야 더 논하여 무엇하랴. 빨간 우체통이 이제도 있는지 모르겠다. 하고픈 말 해야만 하는 말을

107

글자로 바꿔 써서 지녔다가 병든 지아비를 간호하러 가며 오며 슬쩍 넣을 마음의 우체통이라도 좋다. 제주섬마을마다 동네마다 네거리든 세거리든 가리지 않고 향도(嚮導)의 구심점 역할을 하는 '퐁낭(팽나무)'이 서 있다. 시인이 아버지의 열 번째 기일을 맞아 간 고향에서 다시 절망하고 말 것만 같아 조마조마하다. 예전 마을 어느 어르신이 끊어진 자신의 팔을 묻어 만들었던 기이한 '팔무덤'도 사라지고…변할 지상의 모든 것이 다 변하였으나 오로지 팽나무 한 그루만 옛날 그대로 서 있어 시린 가슴을 아리게 하는 '팽나무 사설' 편이 무릎을 꺾어 놓는다.

열 번째 아버지 기일 고향동네 찾아 간다
물방앗간도 팔무덤도 다 사라진 강정들녘
한 세상 반타작이다, 퇴행성관절염 저 팽나무

그러다가도 와닥닥 소리치며 '소나기' 한 소큼 쏟아져 이 풍진세상의 아픈 자국을 씻어 가라 기원하는 그 마음에 안도한다.

신용불량 통지서
한 세상
마른 병상을
후려쳐라, 천둥아

삶은 현실이기에 지아비 병자국에 까지 파고 들어 없는 이

티내는 흔적이야 어쩌지 못한다 쳐도 시인은 마음이라도 후련해지고 싶었던 게다. '제주 4.3사건' 때 서북청년 '메가네 신사'가 앞장서서 제주 섬사람들이 숨어든 굴 어귀에다 불을 지른 후 연기에 질식하여 죽게 하고는 몇십 년인가 굴 어귀를 봉쇄하여 감추었던 제주 섬의 가장 아픈 현대사의 현장인 '다랑쉬오름' 쯤에서 옥죄어 오는 지아비 삶의 흔적을 동반하고 비도 내리지 못하는 '가을장마'에 푸념이라도 할까. 들판을 몇 발자국만 걸어도 바짓가랑이에 수없이 달라붙는 '도깨비바늘'인들 괴로운 세상사를 모르지 않는다. 비가 내리지 않는 가을장마도 없느니만 못한 계절의 운행일진대 어디에라도 누구에게라도 기생하여 생명을 부지하려는 가시돋힌 식물의 열매인 도깨비바늘도 시인에게는 숙명으로 다가든 지구촌의 이웃인 것을. 성가시다고 역정 낼 게 아니라고 노래한다.

제 생애 딱 한 번 쯤은
도둑사랑이 그리운 거다

라며 서로서로 위로할 때 조건은 없어도 된다.

그러기에 '제5부 동백꽃 부케'를 혼례식장 신부 자리에 선양 한 다발 가슴께에 안고서 모처럼 만난 인연마다 살짝 미소라도 짓자 했던가. 그 인연들에는 '제비꽃 시인'도 있을 터이고, '비자나무'가 열매 맺은 마당이 있는 집에 사는 나이를 가

늠하기 이를 데 없는 시인도 웃어른으로 한자리 할 터이다. 그
렇지 아니한가, '어느 시인 집의 벽화' 그림이 눈에,

박힌다, 등줄기 흰 파도가 허옇게
마지노선처럼 버티어 선 해무 먹은 수평선
구럼비 괭이갈매기 조각배로 울고있다

　해도 크게 상심할 일이 아니다. 다 그렇게들 산다. 그러다가
억겁을 스쳐 지나다 보니 인연이 맺어진 것이다. 주변은 그렇게
어우러져 얽히고설킨다. 꼭 있는 집안 색시만이 '잔칫날'에 보
기 드문 희귀한 꽃송이로 엮은 부케를 앞가슴 명치께에 끌어안
고 시집을 가는 게 아니다. 시인이 본 그대로

이 난리 춘궁기에 잔치가 웬말이냐
알녘집 그 비바리 급하긴 급했나보다
한 웅큼 부케 대신에 동백꽃 서너 가지

　마련하여 부케를 삼았을 망정 그 앞에 다가든 인연은 소중
하다. 인연이 닿는 대로 살갑게 살아가노라면 내 피붙이로 그
끈에 달린 어린 아들이 '시인' 뺨치게 시적인 표현을 하는 것에
감격하는 날도 있는 것이다.

　다섯 살 바기 아들녀석 눈 반짝이며 하는 말

"하늘이 캄캄하다고 달님이 불을 켰어요"
"그런데 누가 달님을 반으로 꺾었어요"

유독 별나지 않은 나날을 사는 사람은 누구나 그럭저럭 산
다고들 한다. '겨울안개'가

눈으로 내리지 못하는 이유가 있는 걸까

잠시 잠간 의문을 가진들 인연의 끈은 끊어지지 않는다. 시
인이 주변에 관심을 두고 이 인연 저 인연 살피는 정성이 바로
삶이기 때문이다. '순비기꽃의 말'에 대거리칠 능력이 있으면
그것으로 되었다. 바닷가마다 바닷물에 씻기고 이슬에 단장하
여 사시사철 푸르른 잎을 고수하다가 여름이면 연보라 색깔로
깔먹어 피어나는 그 꽃이 뭐라고 하든

　　물비린내 질척이는 서귀포 매일시장
　　팔순의 친정어머니 마늘 몇 단 팔고 있다
　　열세 살 애기해녀가 바릇잡이 팔던 그 곳

　　여자로 태어나서 못하는 일 없어야 하는
　　그녀의 오지랖 앞에 한바다가 출렁였다
　　그렇게 내 입술에도 대물림한 숨비소리

호이--- 하고 길게 숨 쉬었으니 이제까지 살아온 것이다. 그 숨비소리에 모든 만물이, 바다 물결도 시인의 삶 자국을 눈여 겼을 터였다. 마치 사막을 건너다 목이 말라 바싹 수분을 잃고 는 쓰러지려할 찰나(刹那; kṣaṇa)에 '미나레트*를 꿈꾸다'.

이 시조집에서 유일하게 주(主) 표시인 *을 찍은 미나레트 (minaret)는 '사막에서 오아시스를 표시해 놓은 표지판' 일 수 도 있지만 대부분은 '이슬람교의 예배당인 모스크의 일부를 이루는 첨탑'[2] 을 이른다.

시인 마흔 끝물에 세우고픈 사막의 이정표(里程標) '미나레 트' 는 무엇이었을까. 아이들이 시끌벅적 오고 가는 '한가위' 날 한밤에 '세거리' 길에 세우는 허수아비는 아니었을 터, 무엇 이었을까?

'몸살 난 바다', 난바다(먼바다)가 무색하게 응급실로, 중환 자실로 가는 길을 표시하는 건 아니었을 것이다. 옳거니! '고사 리 장마' 가 이른 봄날, 제주 섬을 뒤덮으면 섬사람들은 고사리 를 꺾으러 들판을 헤맨다. 처음부터 시도한 것은 결코 아니다. 무심결에 욕심이 생긴 것도 아니다. 그저 고사리 난 자국을 따 라가다 보면 길을 잃게 마련이다. 거기에, 고사리 캐다 길 잃는 이 참 많다. 관청에서 알림 문자메시지를 살포할 정도이니 시 인이

---

2) 출처 ; naver의 지식백과 두산백과 두피디아 편. 이슬람교의 예배당인 모스크(마스지드)의 일부를 이루는 첨탑. 아랍어로 '빛'을 두는 곳, 등대'를 의미하는 '마나라(manāra)'에서 유래하였다.

꺾이고 또 꺾여서 밑둥만 남았다
무자년 그날의 주춧돌도 드러나고
언 속살 헤집은 터에
빈 마을이 놓인다

라고 소리친들 이미 사방팔방을 구분하지 못하고 잃어버린 길을 쉬이 찾기 어렵다. 그러기에 고사리 길을 잃고 혹시라도 헤매는 이를 위해 시인이 세워놓으려는 '미나레트' 그 이정표를 꼭 거기에다 놔 세상 고사리길 안내하시라.

시와소금 시인선 139

반공일엔 물질 간다

ⓒ조영자, 2022, printed in Seoul, Korea

초판 1쇄 인쇄 2022년 06월 24일
초판 1쇄 발행 2022년 06월 30일
지은이 조영자
펴낸이 임세한
디자인 유재미 정지은

펴낸곳 시와소금
출판등록 2014년 1월 28일 제424호
발행처 강원 춘천시 충혼길20번길 4, 1층 (우-24436)
편집실 서울시 중구 퇴계로50길 43-7 (우-04618)
팩스겸용 (033)251-1195 / 휴대폰 010-5211-1195
이메일 sisogum@hanmail.net
ISBN 979-11-6325-042-5   03810

값 10,000원

· 이 책은 제주특별자치도와 제주문화예술재단의 2022년도 제주문화예술지원사업
   후원을 받아 발간되었습니다